El diente,

el calcetín

y el perro astronauta

Antonio Lozano   Birte Müller

thule

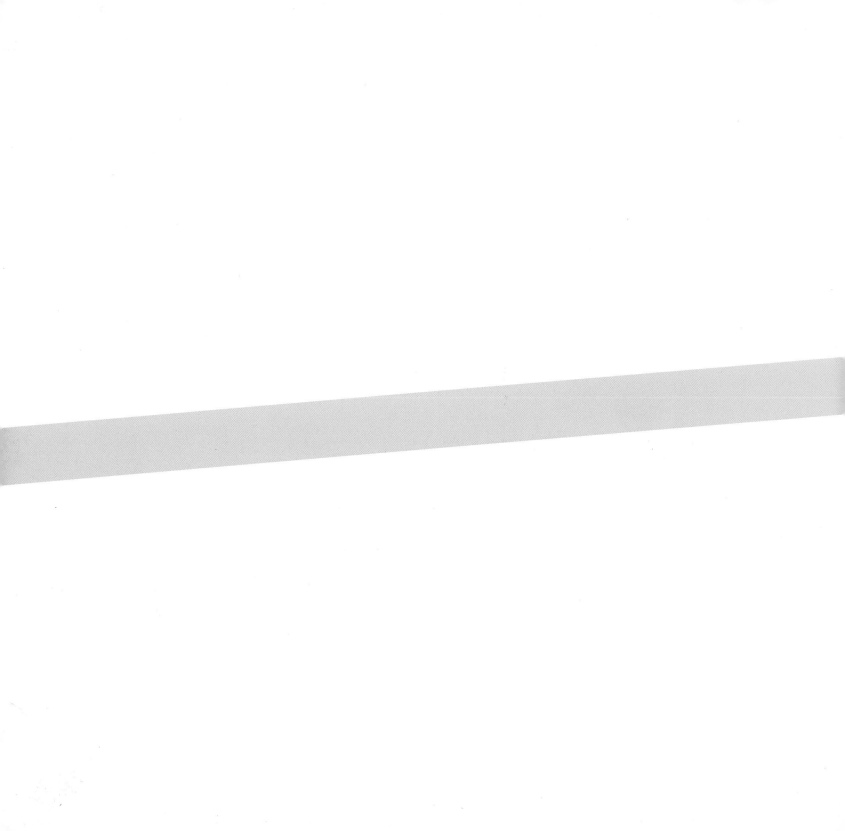

La mañana en que a Maya
se le cayó el primer diente,

Otto perdió
sus calcetines favoritos.

La tarde en que Otto vio el mar
por primera vez, divisó sobre sus
aguas un barco con una vela de
la misma tonalidad blanca que el
diente de Maya.

La noche en que Maya tuvo su primera pesadilla, el perro que la perseguía llevaba puestos los calcetines perdidos de Otto.

Maya y Otto crecieron.

Ella se hizo dentista.

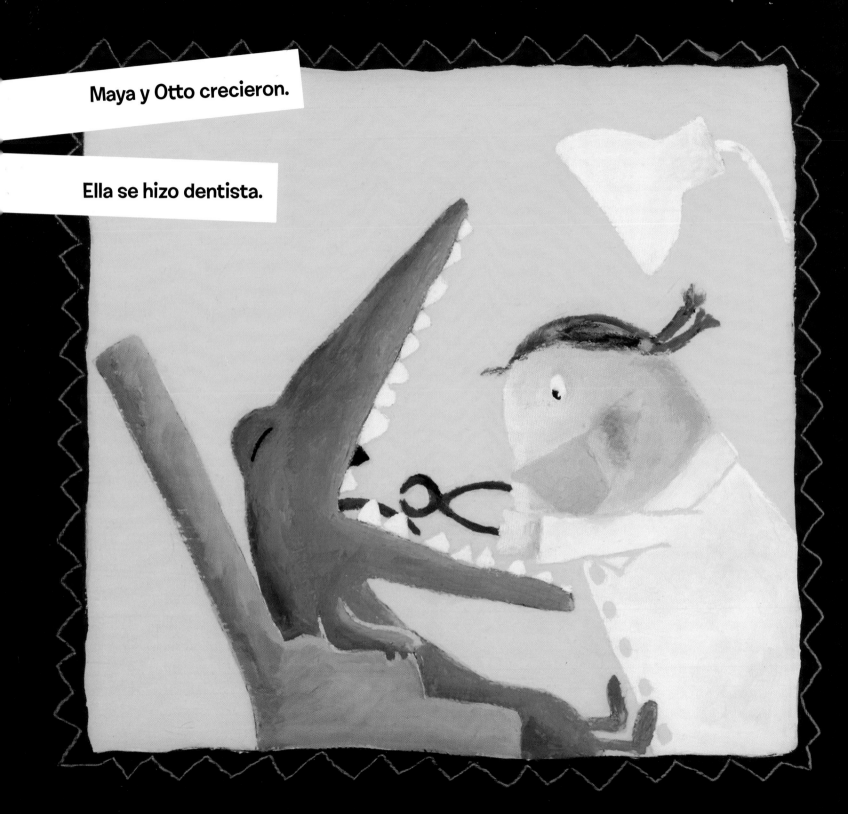

Él, diseñador de calcetines.

Una mañana de playa, Maya se quedó dormida sobre la arena. Soñó que era inmensamente feliz surcando el océano dentro de un calcetín.

Una tarde de excursión, Otto adoptó un perro extraviado en el bosque al que le faltaba un diente.

Una noche fastuosamente estrellada, el perro decidió que pisaría la luna.

Otto y Maya crecieron un poco más.

Cuando a su perro se le cayeron todos los dientes, Otto lo llevó a la consulta de Maya para que le hiciera una dentadura nueva.

Esa misma mañana ella llevaba unos calcetines diseñados por él.

Esa misma tarde surcaron las aguas
en un barco de vela.

Esa misma noche decidieron crecer juntos.

El perro se apuntó a una academia de astronautas.

En el viaje de ida a la luna le sorprendió descubrir, desde su nave espacial, que esta tenía la misma tonalidad blanca que sus dientes.

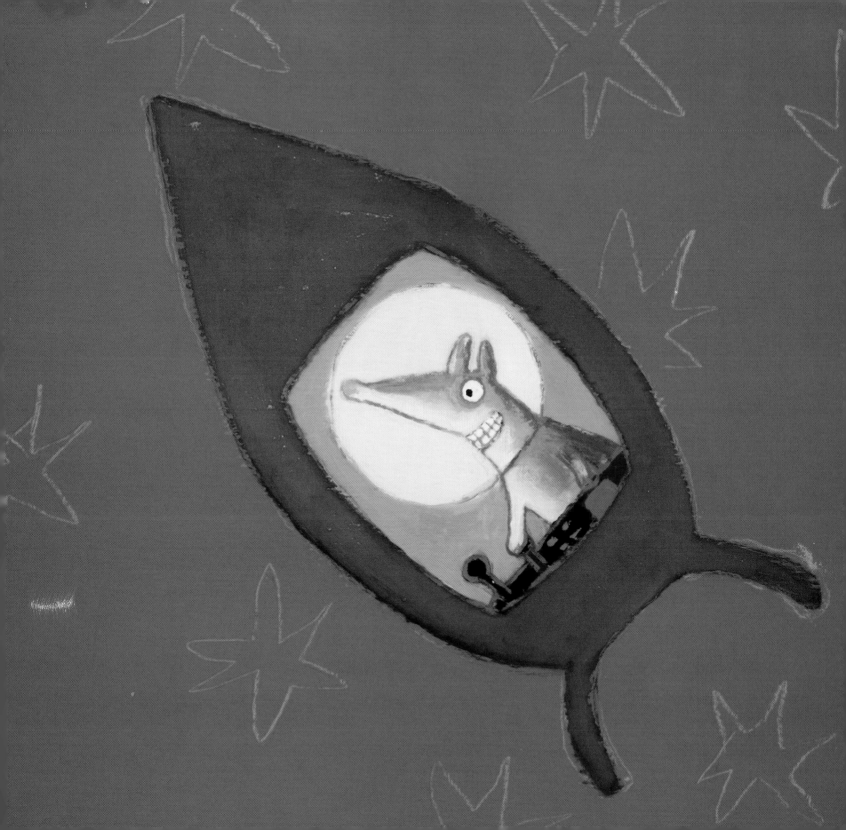

En el viaje de regreso a la Tierra le chocó que esta tuviera la forma de un calcetín.

El diente, el calcetín y el perro astronauta

© 2007 Antonio Lozano (texto)
© 2007 Birte Müller (ilustraciones)
© 2007 Thule Ediciones SL
  Alcalá de Guadaira 26, bajos
  08020 Barcelona
© 2007 Kinderbuchverlag Wolff
  Sulzbacher Straße 3
  65812 Bad Soden am Taunus (Alemania)

Directora de colección: Arianna Squilloni
Diseño y maquetación: Jennifer Mª Carná Esparragoza
Fotografía: José Mª de Llobet (ojoxojo)

ISBN: 978-84-96473-71-3

Impreso en Hungría

www.thuleediciones.com
www.kinderbuchverlagwolff.de

Iniciativa y coordinación

Con el apoyo de

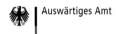

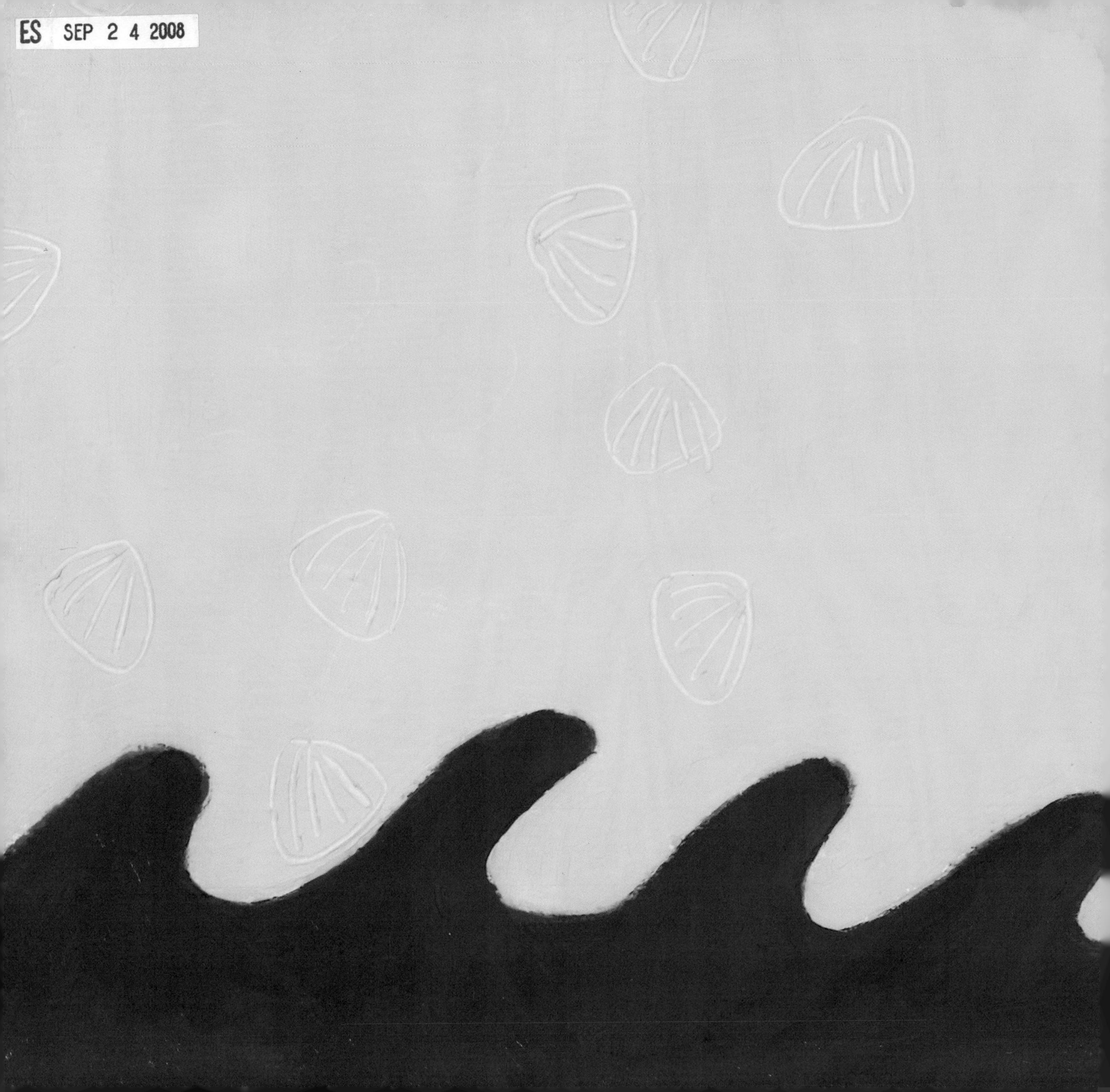